Primer día en las uvas

por L. King Pérez

ilustrado por Robert Casilla

traducido por Jesse A. Pérez

LEE & LOW BOOKS Inc.
New York

Agradecimientos especiales a Carolyn Folkerth, a quien le gustó esta historia desde el principio. A Marybeth Lorbiecki que siempre cree y nunca se rinde, y a Louise May, que posee una abierta suavidad para con los escritores y las palabras.
—L.K.P.

Manufactured in China by South China Printing Co.

Book design by Edward Miller
Book production by The Kids at Our House

The text is set in Berling
The illustrations are rendered in watercolor, colored pencil, and pastel

(HC) 10 9 8 7 6 5 4 3 2 1
(PB) 10 9 8 7 6 5 4 3 2 1
First Edition

Library of Congress Cataloging-in-Publication Data
Pérez, L. King.
[First day in grapes. Spanish]
Primer día en las uvas / por L. King Pérez ; ilustrado por Robert Casilla ;
traducido por Jesse A. Pérez.— 1st ed.
p. cm.
Summary: When Chico starts the third grade after his migrant family moves
to begin harvesting California grapes, he finds that self confidence and
math skills help him cope with the first day of school.
ISBN 1-58430-239-9 (hbk.) — ISBN 1-58430-240-2 (pbk.)
[1. Self confidence—Fiction. 2. First day of school—Fiction.
3. Migrant labor—Fiction. 4. Mexican Americans—Fiction. 5. Schools—
Fiction. 6. California—Fiction. 7. Spanish language materials.]
I. Casilla, Robert, ill. II. Pérez. Jesse A. III. Title.
PZ73.P4665 2004   [E]—dc22   2004040861

A Luke Toney Pérez. Párate bien derecho, Mijo—L.K.P.

A mi esposa Carmen Casilla. Gracias por los
más de 20 años de amor y apoyo—R.C.

Chico nunca podía decidir si California le recordaba una canasta de frutas o una pizza. Su familia viajaba de un campo a otro, cosechando frutas y legumbres. Iban de las naranjas a las manzanas, de las cebollas a los chiles.

La noche anterior, habían llegado a un campo de uvas.

—Levántate, Chico, pronto —lo llamó Mamá mientras cocinaba las tortillas para la comida de la familia—. No debes llegar tarde el primer día. Ándale.

Chico había tenido muchos primeros días: primeros días en las alcachofas, primeros días en las cebollas, primeros días en los ajos. Ahora, su primer día en tercer grado iba a ser en las uvas.

—No quiero ir a la escuela —se lamentó Chico cuando fue a lavarse a la cocina—. Los muchachos se meten conmigo. Me ponen apodos.

Mamá estaba de puntillas en un banquillo como un acróbata de circo. Colgaba las cortinas amarillas que había heredado de su abuela. Mamá llevaba las cortinas de campo en campo, tratando de hacer que cada lugar pareciera un verdadero hogar.

—Escucha —dijo Mamá—. Todos tenemos nuestro trabajo, e ir a la escuela es el tuyo.

Mamá se bajó de un salto del banquillo, puso una mano en el hombro de Chico y la otra en su espalda. Lo enderezó hasta que Chico se pareció a Papá antes de marcharse a trabajar al campo cada día. Chico se asombraba de que Mamá siempre hiciera eso. Tan seguro como el cambio de las uvas de verde a purpúreo, ella lo enderezaba cuando él se iba a la escuela.

Mamá no sabía lo espantosa que podía ser la escuela. No entendía que algunos de los muchachos no lo querían. Quizás era porque siempre se mudaba antes de que llegaran a conocerlo, o porque a veces, hablaba en español. Además, Chico pensaba que no necesitaba ir mucho a la escuela. Él quería manejar autos de carrera, manejar rápido, ganar un gran trofeo. *¡ROM, ROM!* En la escuela no te enseñaban a ser piloto de autos de carreras.

En el estacionamiento del camión, Chico se acercó a unos muchachos que había visto en otros campos.

—Hola —los saludó, mientras seguía conduciendo su auto imaginario.

—Hola —le respondieron.

Cuando llegó el camión, el camionero tenía cara de un jefe de mal humor.

—¡Apresúrense! —resonó la voz del camionero antes de que Chico y los otros pudieran sentarse—. ¡Muévanse!

El camión aceleró. Chico se agarró del espaldar de un asiento.

—Cuídate o el Viejo Hoonch te va a agarrar —le aconsejó a Chico el muchacho que estaba sentado.

"Conque ése es el Viejo Hoonch de las uvas", pensó Chico
clavando lo ojos en él. Era tan malo que los chicos de los otros
campos hablaban de él. Decían bromeando que se necesitaba
una olla de tamales para llenar al Viejo Hoonch y convertirlo
en una buena persona.

Dos muchachos en la primera fila brincaban y se empujaban.

—Oye, muchacho nuevo —uno de los niños llamó a Chico—.
¿Qué miras? —No parecían tener miedo del Viejo Hoonch,
aunque éste les fruncía las cejas desde el espejo.

—Cuídate de esos malcriados también —le dijo a Chico su
compañero de asiento—. Se llaman Miguel y Toño, están en
cuarto grado y son unos abusadores.

En la escuela, la secretaria le dijo a Chico que fuera a la sala número ocho. Cuando entró, vio el retrato de George Washington colgado sobre el pizarrón. Chico lo saludó como a un viejo amigo que lo acompañaba de escuela en escuela: "Buenos días, amigo".

La maestra era la señorita Andrews.

—Bienvenido, Chico —le dijo—. Te puedes sentar allí con John Evans.

John parecía más amistoso que la mayoría de los muchachos que había conocido en otras escuelas.

—Tienes suerte de estar en esta clase —dijo John—. La señorita Andrews es la mejor maestra. Puede lanzar un jonrón sobre la cerca del patio y grita cada vez que llega a home.

Los ojos de Chico se pusieron tan grandes como limones.

—¿Me tomas el pelo? —dijo Chico. Se preguntó cómo una señorita como ella podía batear tan lejos—. ¿Grita por ella misma?

Durante la promesa de lealtad, a Chico se le puso la piel de gallina. La promesa le hizo sentirse orgulloso de ser norteamericano, aunque algunas personas lo trataran como extranjero.

La señorita Andrews le pidió a los dos alumnos nuevos que se presentaran a la clase.

Sylvie, una muchacha de su campo, se paró e hizo una ligera reverencia.

—Mi nombre es Sylvie Castro —dijo ella—. Tengo dos hermanos y dos hermanas, pero preferiría tener un gatito.

Todos se rieron, incluso la señorita Andrews.

Entonces Chico se dio cuenta de que toda la clase lo miraba.
También George Washington. Chico tenía que decir algo.

—Soy Chico Padilla. Mi papá llena más canastas que sus amigos
Juan Grande y Juan Chiquito juntos. Trabaja muy rápido.

Y Chico se sentó enseguida. La clase se quedó callada, pero la
señorita Andrews le sonrió.

"Me gusta la señorita Andrews", pensó Chico. Se propuso ser
muy aplicado. Se preguntó si debería haber dicho algo más, como
que podía bailar la danza del toro cuando sus tíos tocaban la
guitarra, o que quería ser piloto de autos de carreras.

Luego la señorita Andrews mostró unas fotografías.

—Escojan una foto que les guste —le dijo a la clase—, y escriban un cuento sobre ella.

Chico escogió una casa blanca con plantas y flores. Se imaginó que esa casa tenía un cuarto para cocinar, otro para bañarse y recámaras para todos. Probablemente hasta tenía agua caliente y un televisor.

A Chico no le gustaba escribir. Era muy difícil encontrar las palabras correctas, pero hizo todo lo posible por complacer a la señorita Andrews.

Con mucho esfuerzo, Chico escribió: *Mi casa es buena. Se le está cayendo la pintura. Hay huecos en el suelo. Algún día, voy a tener una casa bonita como ésta.*

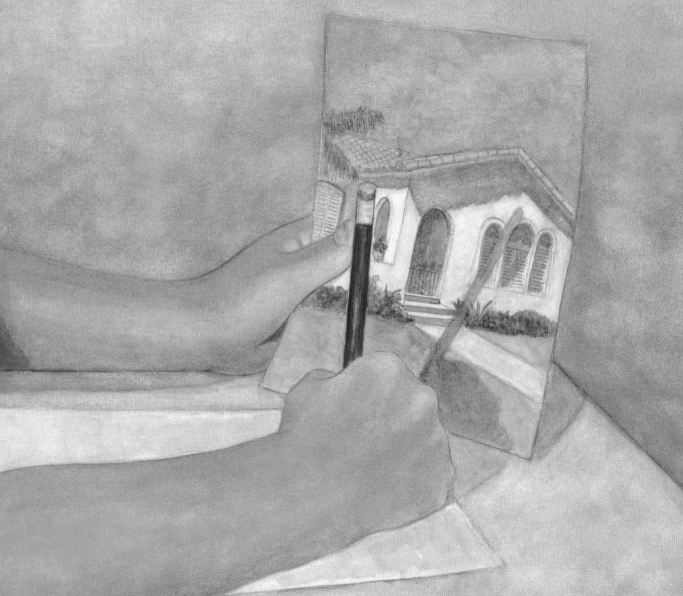

Durante la clase de matemáticas, la señorita Andrews llamó a Chico.

—Catorce más cuarenta y cinco son . . . —preguntó la señorita Andrews.

Chico levantó la tiza y escribió 59. Era tan fácil como sumar las canastas de frutas y verduras que su papá cosechaba.

La señorita Andrews le hizo un guiño.

—¿Y cincuenta y ocho más treinta y seis?

Enseguida Chico escribió 94.

La señorita Andrews levantó las cejas con asombro:

—¿Y cincuenta y nueve más noventa y cuatro?

Chico pensó por un segundo y escribió 153.

—¡Muy bien! —dijo la señorita Andrews, apuntando hacia arriba con el pulgar, en señal de aprobación.

Chico no se había sentido tan bien desde que rompió la piñata en el picnic que se organizó para celebrar la cosecha.

—Apuesto a que te gustaría ir al concurso de matemáticas —le dijo John a Chico cuando éste regresó a su asiento—. Será el mes próximo.

Chico conocía los concursos de matemáticas. Hubo uno en la escuela de rábanos y en la escuela de dátiles, pero su familia siempre se mudaba antes de que pudiera competir. Rápidamente Chico sumó las semanas que iban a trabajar en las uvas. Si se quedaban hasta el fin de la elaboración de las pasas, quizás podría ir al concurso.

"El primer día no fue tan malo", pensó Chico cuando se sentó a almorzar. Peló una uva y se la puso en la boca. Estaba muy suave y fresca. Nada terrible había sucedido y, además, habría un concurso de matemáticas.

Miguel y Toño, los malcriados del camión, se le acercaron.

—¡Oh, qué sabroso! Vamos ver qué come el muchacho nuevo —dijo Miguel agarrando la bolsa en que Chico había llevado el almuerzo.

—Miren —dijo Toño, levantando una tortilla—. Esto parece cartón. Apuesto a que también sabe a cartón.

El corazón de Chico latía con fuerza. La persona que dijera algo así de una tortilla, bien podría ser capaz de lastimarlo a él.

—Apuesto a que se las prepara su mamita —dijo Miguel en tono burlón.

—No hables de mi mamá —le advirtió Chico en voz baja.

—¿Qué dijiste? —dijo Miguel.

En ese momento, Chico sintió las manos de su mamá. ¡Por fin entendió! Mamá quería que tuviera valor, que fuera fuerte. Aunque sentía las rodillas débiles, Chico se paró.

Se hizo un silencio tan grande que se podía oír crecer los pepinos.

Toño se le acercó tanto que Chico podía sentir su aliento. Entonces Toño lo amenazó con el dedo y sonrió despectivo. —Bueno, miren quién está tratando de hacerse el macho.

Chico no se sentía macho ni tampoco muy valiente. Deseaba estar otra vez frente al pizarrón, resolviendo problemas de matemáticas.

De repente, Chico dijo:

—¿Sabes cuánto es cincuenta y nueve más noventa y cuatro?

—¡¿Qué?! —exclamaron a coro Miguel y Toño. Parecían sorprendidos.

—Ciento cincuenta y tres —respondió Chico.

—Oye, chavo —dijo Miguel—. ¿Aprendiste a sumar con los huecos del techo de tu casa?

Toño y Miguel chocaron las manos y se doblaron de la risa.

—¿Necesitan una más fácil? Veinticinco más setenta y dos —se oyó decir Chico—. ¡Noventa y siete!— respondió antes de que Miguel y Toño tuvieran tiempo de reaccionar.

Los niños empezaron a rodearlos.

—Si tienen sesenta y cinco canastas de uvas secas y le suman setenta y siete canastas, ¿cuántas canastas de pasas tendrán? —continuó Chico.

El grupo que los rodeaba se hacía cada vez más grande. Miraba. Esperaba.

—Déjenlo en paz —gritó una muchacha.

—Él no se ha metido con ustedes —dijo otro.

Toño miró alrededor.

—Esto es estúpido—dijo—. ¿A quién le importa sumar canastas?

—Sí, ¿a quién le importa? —repitió Miguel.

Nadie se movió. Nadie dijo una palabra. Finalmente Miguel y Toño se voltearon, haciéndose los duros. El grupo se abrió, dejándolos pasar.

John se acercó a Chico: —Esos chavos asustan a todos —dijo John—. Pero tú no parecías asustado.

—Me asustaron un poco —admitió Chico, pero pensó: ¡BRAVO! Se había defendido y se sentía muy bien.

—¿Piensas estar aquí para el concurso de matemáticas? —preguntó John—. Podríamos ser compañeros.

Chico sonrió: —Quizás esté y me gustaría que fueras mi compañero.

Esa tarde, al bajarse del camión, Chico pasó junto al Viejo Hoonch.

—Buenas tardes y gracias —dijo Chico, en español.

El Viejo Hoonch lo miró furioso: —¿Qué dijiste?

—Dije *Good afternoon and thank you.* Gracias por traernos—. Tomó aliento y añadió: —Y mi nombre es Chico. Chico Padilla. Ahora vivo aquí, en las uvas.

El Viejo Hoonch puso el codo en el volante y miró la callejuela de Chico: —Bueno, buenas tardes a usted también, Chico Padilla —murmuró—. Nos veremos mañana.

Chico saltó del camión. Éste había sido un primer día muy
bueno. Tenía un amigo nuevo y una buena maestra, y el Viejo
Hoonch se había aprendido su nombre.

Chico se quedó mirando el camión hasta que desapareció
detrás de una nube de polvo. Entonces corrió a su casa, donde
las cortinas amarillas se agitaban en las ventanas.